새 해 첫 기 적

이 도서의 국립중앙도서관 출판예정도서목록(CIP)은 서지정보유통지원시스템 홈페이지(http://seoji.nl.go.kr)와 국가자료종합목록 구축시스템(http://kolis-net.nl.go.kr)에서 이용하실 수 있습니다.

(CIP제어번호 : CIP2020025813)

J.H CLASSIC 054

새해 첫 기적

반칠환 인터넷 시선집

지혜

시인의 말

이 시집은 그 동안 펴낸 세 권의 시집 가운데 인터넷 블로그나 카페 등에 자주 오르내리는 시들을 모은 책입니다. 첫 시집 『뜰채로 죽은 별을 건지는 사랑』, 두 번째 시집 『웃음의 힘』, 세 번째 시집 『전쟁광 보호구역』은 분에 넘치게 독자들의 사랑을 받았습니다. 그 중에 꽤 많은 시들이 인터넷 강물로 떠다니는 것을 보았습니다. 제가 함께 좋아하는 시도 있고, 제가 보기엔 다소 어설픈 솜씨인데도 독자들이 좋아하는 작품도 있었습니다. 시는 시인이 쓰지만 독자에게서 완성된다고 믿습니다. 이 선집은 시인이 아니라 독자들의 입맛으로 차린 시의 밥상입니다. 온라인과 오프라인을 통한 많은 사랑에 감사드리며 수저를 닦아 올립니다.

2020년 초여름
반칠환 올림

차 례

1부 웃음의 힘

2부 전쟁광 보호구역

3부 뜰채로 죽은 별을 건지는 사랑

• 일러두기
  한 연이 첫 번째 행에서 시작될 때는 > 로 표시합니다.

1부

웃음의 힘

새해 첫 기적

황새는 날아서
말은 뛰어서
거북이는 걸어서
달팽이는 기어서
굼벵이는 굴렀는데
한날 한시 새해 첫날에 도착했다

바위는 앉은 채로 도착해 있었다

노랑제비꽃

노랑제비꽃 하나가 피기 위해
숲이 통째로 필요하다
우주가 통째로 필요하다
지구는 통째로 노랑제비꽃 화분이다

웃음의 힘

넝쿨장미가 담을 넘고 있다
현행범이다
활짝 웃는다
아무도 잡을 생각 않고 따라 웃는다
왜 꽃의 월담은 죄가 아닌가?

봄

저 요리사의 솜씨 좀 보게
누가 저걸 냉동 재룐 줄 알겠나
푸릇푸릇한 저 싹도
울긋불긋한 저 꽃도
꽝꽝 언 냉장고에서 꺼낸 것이라네
아른아른 김조차 나지 않는가

호두과자

쭈글쭈글 탱글탱글
한 손에 두 개가 다 잡히네?
수줍은 새댁이 양볼에 불을 지핀다
호두과자는 정말 호두를 빼닮았다

호두나무 가로수하 칠십 년 기찻길
칙칙폭폭, 덜렁덜렁
호두과자 먹다 보면 먼 길도 가까웁다

생명
— 그 아름다운 천형

두꺼비가 물안경 껌벅이며 빗방울을 세고 있다
옛날 저 놈 할애비가 세는 것도 보았다
자자손손— 셈은 흐려도
나는 저 두꺼비들이
영원히 빗방울을 세었으면 좋겠다
추워 소름 돋으면 연잎 우산도 좀 쓰고

그 많던 두꺼비들아

때 1

무릎이 구부러지는 건
세상의 아름다운 걸 보았을 때
굽히며 경배하라는 것이고,
세상의 올곧지 못함을 보았을 때
솟구쳐 일어나라는 뜻이다

때를 가리지 못함이 무릇 몇 번이던가

문 열사

크게 신문에 날 일은 아니로되
산천초목도 벌벌 떨던 독재자로 하여금
제 **뺨**을 세 번 되우 치게 하고 죽었으니
아는 사람들은 그 의로운 피를 기려
문蚊 열사라 부른다

wing~ wing~
작지만 좌, 우의 날개를 지녔다고 전한다

경력으로 안 되는 일

남산 산책로, 오래된 나무들이 자꾸만 제 이름을 까먹는지 사람들이 이름표를 달아 주고 있었다

당년 여섯 살, 걷기 경력 5년차인 손주 뒤를 걷기 경력 70년차인 할아버지가 숨 가쁘게 두둠두둠 뒤따르고 있다

박꽃

가슴 속에 시인과 도둑이 함께 살아
담을 넘다가도
달빛 시나 짓고 온다
탈탈 털어봐야
이슬 장물 몇 점

갈대

저마다 갈대인 갈대들이
수런수런
어깨를 기대거나
잎새를 스친다
서로가 서로를 베어도
오히려 따뜻하다고
서걱서걱

무인도

오직 사람 하나 없어
무, 인, 도

경전도 사원도 없으니
죄도 없다고

끼루룩 끼루룩

아무도 신을 경배 않으나
신의 뜻이 가장 잘 보존되어 있다고

냇물이 얼지 않는 이유

겨울 양재천에 왜가리 한 마리
긴 외다리 담그고 서 있다

냇물이 다 얼면 왜가리 다리도
겨우내 갈대처럼 붙잡힐 것이다

어서 떠나라고 냇물이
말미를 주는 것이다

왜가리는 냇물이 다 얼지 말라고
밤새 외다리 담그고 서 있는 것이다

두근거려 보니 알겠다

봄이 꽃나무를 열어젖힌 게 아니라
두근거리는 가슴이 봄을 열어젖혔구나

봄바람 불고 또 불어도
삭정이 가슴에서 꽃을 꺼낼 수 없는 건
두근거림이 없기 때문

두근거려 보니 알겠다

기적 1

여름 장마가 휩쓸고 갔어도
계곡에 버들치 한 마리 떠내려 보내지 못했구나

기적 3

강풍에 먹구름 쓸려 가는데
못도 안 친 달이 하늘에 박혀 있다

사랑

서리 내린 밤
맨발로
빈 논 건너는 생쥐

시리지 않다

팔자

나비는 날개가 젤루 무겁고
공룡은 다리가 젤루 무겁고
시인은 펜이 젤루 무겁고
건달은 빈 등이 젤루 무겁다

경이롭잖은가
저마다 가장 무거운 걸
젤루 잘 휘두르니

시치미

저 해맑은 거짓말 좀 보게나

치악산 능선마다
새똥, 곰똥, 달팽이 오줌
다 씻어 내린 계곡물이
맑다

호수의 손금

얼음호수가 쩌엉 쩡 금간
손바닥을 펴 보이자
수십 마리 오리들이 와글와글
엉터리 수상을 본다
걱정 말우
봄부터는 운수 풀리겠수
쩌억 쩍 얼음에 달라붙는
제 물갈퀴 발금의 시린 소망이겠지

두엄, 화엄

모든 꽃은 제 가슴을 찢고 나와 핀다
꽃에서 한 발 더 나아가면 절벽이다

온산에 참꽃 핀다
여리디여린 두엄잎이 참 달다

출렁, 저 황홀한 꽃 쿠린내

모든 존재가 아름다운 건
꽃잎의 날보다 두엄의 날들이 더 많기 때문이라고

목숨

그럴 분이 아닌데

손가락도 열 개
발가락도 열 개
이빨은 젖니 한 벌
영구치 한 벌

참 꼼꼼하신 분인데

가장 소중한 목숨이
하나뿐이라니

새 1

새들의 조상은 공룡이었다 한다
쿵쿵쿵 무게가 깃털이 되기까지
얼마나 큰 고행이었을까

키위는 날개를 버린 새라 한다
얼마나 자유가 무거웠으면
다시 날개를 지웠을까

새 2

새들에게 가장 충격인 것은

날아오를 하늘이 없는 것보다
내려앉을 대지를 발견 못 했을 때라고

삶

벙어리의 웅변처럼
장님의 무지개처럼
귀머거리의 천둥처럼

2부

전쟁광 보호구역

눈물의 국경일

세상 모든 생명들이 한날 한시 일제히 울어버리는 국경일 하나 갖고 싶다 뎅뎅- 종소리 울리면 토끼를 잡아채던 범도 구슬 같은 눈물 뚝뚝 흘리고, 가슴 철렁하던 토끼도 범의 앞가슴을 두드리며 울고, 포탄을 쏘던 병사의 눈물에 화약이 젖고, 겁먹은 난민도 맘 놓고 울어 버리고, 부자는 돈 세다 울고 빈자는 밥 먹다 울고, 가로수들도 잔잔히 이파리 뒤채며 눈물 떨구는, 세상 생명들 다시 노여워지려면 꼭 일 년이 걸리는 그런 슬픈 국경일 하나 갖고 싶다

전쟁광 보호구역

전쟁광 보호구역이 하나 있었으면 좋겠다
하루 종일 전쟁놀음에 미쳐 진흙으로 대포를 만들고
도토리로 대포알을 만드는 전쟁광들이 사는 마을
줄줄이 새끼줄에 묶인 흙인형 포로들을
자동콩소총으로 쏘아 진흙밭에 빠뜨리면 무참히 녹아 사라지고
다시 그 흙으로 빚은 전투기들이
우타타타 해바라기씨 폭탄을 투하하고
민들레, 박주가리 낙하산 부대를 침투시키면 온 마을이
어쩔 수 없이 노랗게 꽃 피는 전쟁터
논두렁 밭두렁마다 줄 맞춰 매설한 콩깍지 지뢰들이 픽픽 터
지고
철모르는 아이들이 콩알을 줍다가 미끄러지는 곳
아서라, 맨발로 달려간 할미꽃들이 백기를 들면
흐뭇한 얼굴로 흙전차 타고 시가행진을 하는
무서운 전쟁광들이 서너 네댓 명 사는
작은 전쟁광 보호구역이 하나쯤 있었으면 좋겠다

김밥천국, 라면지옥

시속 물정 모르는 스님 하나
김밥천국 들어오신다

원야김치 참누모 ? 이 뭣고 ?
조채치즈 치드듬 ? 이 뭣고 ?
김김김김 김김김 ? 이 뭣고 ?
밥밥밥밥 밥밥밥 ? 이 뭣고 ?

1 1 2 2 2 2 2 ? 이 뭣고 ?
0 5 0 0 0 0 8 ? 이 뭣고 ?
0 0 0 0 0 0 0 ? 이 뭣고 ?
0 0 0 0 0 0 0 ? 이 뭣고 ?

어려운 천칠백 공안 다 풀어봤지만
저잣거리 분식집 이 난해한
칠언절구와 난수표, 다 뭣고?

세로쓰기를 가로로 읽으며
이 뭣고? 거듭하다 몰록 깨달아
법열에 겨워 소리친다

>
‘보살님? 떡라면에 원조김밥 추가!’

터진 옆구리
라면 가닥 같은 골목길
김밥천국 유리창에 나부낀다
‘삶은 계란’도 있어요

참새와 홍매

어린 날, 신열에 들떠
무서운 곳 헤매다 눈 떴을 때
작은 이마에 얹혀 있던
따뜻한 무게 알고말고

저 꽃나무들, 삼동을
언 꿈 꾸다 문득 눈 떴을 때
가지마다 얹혀 있던
작은 무게 알고말고

겨우내 맥 짚어준 것밖에 없다고
포릉포릉 날아가니
붉은 목젖 다 드러나도록
출렁출렁 되부르네

장어

수족관 장어들이 날렵하게 꿈틀거린다
평생 한 일 자 일획만 긋던 놈들이다

이제 일획도 너무 길어
탁, 탁, 탁
점으로 돌아가리라 한다

마침내 붓마저 버려야 얻는
절체절명의 도마필법을 얻으리라
저마다 설레어 웅성꿈틀거린다

저들이 써온 일필휘지의 서첩은
고스란히 물속에 남아 있다고 한다
강물에 강물을 찍어서 썼다고 한다

새들이 허공에 허공을 찍어
온몸으로 일획을 남기고 가듯

자벌레

한심하고 무능한 측량사였다고 전한다 아무도 저이로부터 뚜렷한 수치를 얻어 안심하고 말뚝을 꽝꽝 박거나, 울타리를 치거나, 경지정리를 해본 적이 없다고 말한다 딴에는 무던히 애를 썼다고도 한다 뛰어도 한 자, 걸어도 한 자, 슬퍼도 한 자, 기뻐도 한 자가 되기 위해 평생 걸음의 간격을 흐트러트리지 않았다고 한다 그러나 저이의 줄자엔 눈금조차 없었다고 한다

따뜻하고 유능한 측량사였다고도 전한다 저이가 지나가면 나무뿌리는 제가 닿지 못하는 꽃망울까지의 거리를 알게 되고, 삭정이는 까맣게 잊었던 새순까지의 거리를 기억해 냈다고 한다 저이는 너와 그가 닿지 못하는 거리를 재려 했다고 한다 재면 잴수록 거리가 사라지는 이상한 측량을 했다고 한다 나무 밑둥에서 우듬지까지, 꽃에서 열매까지 모두가 같아졌다고 한다 새들이 앉았던 나뭇가지의 온기를, 이파리 떨어진 상처의 진물을 온나무가 느끼게 되었다고 한다 저이의 줄자엔 눈금조차 없었다고 한다

저이가 재고 간 것은 제가 이륙할 열 뼘 생애였는지도 모른다 늘그막엔 몇 개의 눈금이 주름처럼 생겨났다고도 한다 저이의 꿈은 고단한 측량이 끝나고 잠시 땅의 감옥에 들었다가, 화려한 별박이자나방으로 날아오르는 것이었다고 한다 별과 별 사이를 재고 또 재어 거리를 지울 것이었다고 전한다

키요롯 키요롯 – 느닷없이 날아온 노랑지빠귀가 저 측량사를 꿀꺽 삼켰다 한다 저이는 이제 지빠귀의 온몸을 감도는 핏줄을 잴 것이라 한다 다 재고 나면 지빠귀의 목울대를 박차고 나가 앞산에 가 닿는 메아리를 잴 것이라 한다 아득한 절벽까지 지빠귀의 체온을 전할 것이라고 한다

먹은 죄

새끼들에게 줄 풀벌레 잡아오던
지빠귀를 새매가 나꾸어 갔다
가까스로 허물 벗고 날개 말리던
잠자리를 물총새가 꿀꺽 삼켜 버렸다
오전에 돋은 새싹을 다람쥐가 갉아먹는다
그러나 어느 유족도 복수를 꿈꾸지 않는다
다 먹은 죄가 있기 때문이다
한없이 슬퍼도 적막한, 푸른 숲 속의 일이다

여생

날개가 해진 잠자리가 가을 하루를 더 날고 있다
알을 슨 방아깨비가 한 나절을 더 풀잎에 앉아 있다
무서리 맞은 호박순이 가으내 담장을 놓지 않고 있다
가을나비도 다 날았는데 잠시 심장이 더 뛰고 있다
넘어진 택배맨 오토바이가 부릉부릉 엔진이 멎지 않고 있다

까치집

망치도 없고, 설계도도 없다
접착제 하나 붙이지 않고, 못 하나 박지 않았다
생가지 하나 쓰지 않고, 삭정이만 재활용했다
구들장도 없고 텔레비전도 없지만
성근 지붕 새로 별이 보이는 밤이 길다
앙상한 겨울나무의 따뜻한 심장 속으로
주머니난로 같은 까치 식구들이 드나든다
까치집을 품은 나무는 태풍에도 끄떡없다고 한다
까치들이 똑똑해서 튼튼한 나무만 고른다지만
나무들이 둥지를 땅에 떨어뜨리지 않으려고
안간힘으로 버티는 것인지도 모른다
맑은 노래도 들려주고, 벌레도 잡아주는
까치가 고마워서 넘어질 수 없는 것이다
여름엔 나뭇잎으로 그늘을 만들어 주고,
겨울엔 낙엽을 떨구어 햇살이 들게 해 준다
나무와 까치는 임대차 계약도 없이 행복하다

봄꽃의 주소

숨어 핀 외진 산골 얼레지 꽃대궁 하나
양지꽃 하나
냉이꽃 하나에도
나비가 찾아드는 건
봄꽃 앉은 바로 그 자리에도
번지수가 있기 때문

때로
현호색이 보낸 꽃가루를
제비꽃이 받는 배달사고도 있지만
금년 온 천지 붉고
내년 또 노오랄 것은
봄꽃 앉은 바로 그 자리에도
번지수가 있기 때문

가방도 아니 멘 나비 떼가 너울너울
모자도 아니 쓴 꿀벌 떼가 닝닝닝
자전거도 아니 탄 봄바람이 돌돌돌
금년 온 천지 붉고
내년 또 노오랄 것은
바로 저 우체부들 때문

담쟁이덩굴

절벽처럼 먹먹한 등 푸르게 두드리는 걸 보았다
덮을수록 드러나는 허물 넉넉히 가려 주는 걸 보았다
괜찮아, 괜찮아, 괜찮아~
오늘은, 서서 우는 빌딩을 어르는 천 개의 손을 보았다
너와 나 사이에, 나와 그 사이에
무너뜨릴 수 없는 벽이 자라도
까짓것 아무것도 아니라는 듯
댓바람에 타넘는 걸 보았다
담 높을수록 열리는 새 길을 보았다
모진 폭풍우에도 떨어지지 않고
누군가의 목숨이 되어 주었던 손바닥들을 보았다
가슴이 먹먹할 때면 담쟁이 앞에 서라
네 앞에 절벽이 있다면 주저앉으라는 것이 아니라
타고 넘으라는 뜻이다

주산지 왕버들

누군들 젖지 않은 생이 있으려마는
150년 동안 무릎 밑이 말라본 적 없습니다
피안은 몇 걸음 밖에서 손짓하는데
나는 평생을 건너도 내 슬픔을
다 건널 수는 없다고 생각하였습니다
신은 왜 낙타로 하여금
평생 마른 사막을 걷도록 하시고,
저로 하여금 물의 감옥에 들게 하신 걸까요
젊은 날, 분노는 나의 우듬지를 썩게 하고
절망은 발가락이 문드러지게 했지만
이제 겨우 사막과 물이 둘이 아님을 압니다
이곳에도 봄이 오면 나는 꽃을 피우고
물새들이 내 어깨에 날아와 앉습니다
이제 피안을 지척에 두고도 오르지 않는 것은
나의 슬픔이 나의 꽃인 걸 어렴풋이
알았기 때문인지도 모릅니다

적멸의 거처
— 오대산 상원사 적멸보궁에서

적멸보궁에 와서 비로소 적멸의 얼굴을 보았다 천년 출타중
인 본존불 대신 적멸이 앉은 보료를 보았다 적멸의 궁둥이가 누
르고 간 둥근 복숭아 자국을 보았다 적멸도 앉을 자리가 필요하
구나 적멸의 육체를 똑똑히 보았다 적멸이라 해도 내가 늘 보던
그것과 다르지 않았다 너와 나 앉은 곳이 적멸의 거처임을 알았
다 허공도 바위도 적멸의 몸통인 걸 알았다 소음도 적막도 적멸
의 음성인 걸 알았다 방금 핀 저 풀꽃의 자리도 시끄럽게 꽹매기
치는 저잣거리도 모두 적멸의 거처이다 적멸보궁에 와서 비로소
적멸의 얼굴을 보았다 도무지 적멸도 적멸의 바깥으로 달아날
수 없는 것을 보았다

3부

뜰채로 죽은 별을 건지는 사랑

지킴이의 노래

1

하~, 그때가 언제였던가. 풍 맞은 늬 애비와 삼십대 초반의 늬 에미가 머잖아 묵샘에 빠져 죽을 늬 큰성을 앞세우고, 다리가 휘도록 포대기 끈을 조른 갓난쟁이 둘째를 업고 이 솔뫼골 산지기 외딴집에 찾아드는 것을 보았다. 하마 사십 년 전의 일이다. 그때 나는 다만 회초래기 같은 구렁이 새끼였다.

어떤 인연이었을까. 그날 이후 나는 늬 에미, 산지기 외딴집에서 등잔불에 그을은 칠남매를 내리 낳을 때마다 산파 대신 손 잡아주던 문고리처럼 늬 집에서 지금껏 머물러 살아왔다.

2

패가망신하여 산지기 동생 오두막 열댓 살 뼈 무른 조카 등에 업혀온 늬 큰애비가 풍 맞은 애비보다 먼저 타고 가는 상여를 보았다. 이태 후 그 춥던 겨울, 풍 든 애비마저 숨 거둘 때 산발한 에미와 감자알 같던 늬 형제들이 오열할 때도 나는 그저 청뜰 밑에서 점점 예민해져 가는 청각을 곤추고 있을 뿐이었다. 뭍짐승들의 소란스런 울음소리 틈에서도 젊은 암구렁이의 목소리를 가려낼 줄 아는 나이라면 이해하겠는가. 그 때 나는 다만 늬 누이

한 줌 머리채만큼 자란 구렁이 총각에 불과했다.

3

인간의 나이 스무 살, 헌걸찬 인물의 늬 큰성이 뇌염에 걸려 맥없이 샘물에 빠져 죽는 것을 보았다. 샘골 그득한 푸른 이내 탓이었을까, 안친 쌀보다 턱없이 큰 무쇠솥을 데우고 나온 저녁 연기 탓이었을까. 까닭 없이 코끝을 자극하는 재채기를 털어내듯 나는 그저 음산한 울음을 나직이 풀었을 뿐이다. 그때 나는 제법 지겟작대기만큼 자란 청년 구렁이로 세 번째 허물을 벗었다.

4

내남없이 주려 넘던 보릿고개였으나 사발입보다도 형제들 목구녕이 턱없이 크게 벌어지던 그 시절, 마른 눈물도 없이 술지게미를 집어넣던, 새 주둥이처럼 빨간 늬 형제들의 목젖을 보았다. 다만, 보았을 뿐이다. 나로서도 살찐 개구리 만나기가 늬 형제 이밥 보기처럼 어려운 시절이었다.

5

그 해, 올도토리가 여물 무렵이었다. 나는 다섯 번째의 허물을 벗었다. 허물을 인간의 눈에 뜨게 하는 것은 구렁이 세계의 금기였으니, 칠칠치 못한 나의 허물은 두고두고 구렁이 세계를 살아가는 데 큰 허물이 될 것이었다. 그러나 그때 나의 실수는 나를 다른 구렁이의 운명으로부터 갈라놓는 것이기도 했다. 흐물흐물 내 근육의 틀림대로 양껏 부푼 내 허물은 실제 몸보다 크게 보였을 터, 마당을 쓸던 누이를 보고 에미가 말했다. '두거라. 이거는 아마도 우리 집 업이 틀림없다.' 나는 그것이 무슨 말인지 몰랐으나 에미의 목소리는 나직하고 경건했다. 그 목소리는 나를 사로잡았다.

6

나는 곧 이 집으로부터 나직하고 경건하게 불리는 어떤 존재가 되어야 함을 눈치 챘고, 열심히 그 나직하고 경건한 존재의 행태를 연구하기 시작했다. 오래잖아 나는 그것이 이 집안의 길흉화복을 당기고, 물리치는 가신家神의 역할임을 깨달았다. 나직하고 경건한 존재의 다른 이름이 지킴이라는 것도 알게 되었다.

7

늬 에미는 억척스럽고 총명했으며, 형제들은 착하고 똑똑했
다. 이것은 나, 지킴이의 말이 아니라 동리 사람들의 수군거림이
다. 큰 성이 명문 중학교에 붙자, 둘째 성과 시째 성이 우등상을
타왔으며, 누이는 글짓기 상을 타고 에미는 장한 어머니 상을 타
왔다. 부끄럽지만 큰애비와 애비의 죽음도, 발가락 옴이 돋는 양
말의 가난도 내 탓이 아니었던 것처럼 이 모두 내 탓은 아니다.

8

지킴이가 된 나는 연애도 잊고 이 집에 '내 탓'을 얹으려 했으
나 뜻대로 되지 않았다. 가난했으나 스스로 꿈을 세울 줄 알았
고, 꿈을 세웠으나 꿈을 위해 남과 다투지 않았으니, 아무 것도
도울 수 없는 나야말로 이 집에서 가장 가난한 지킴이였다.

9

너 막내의 수염이 거뭇해지자 머리 큰 성들은 명절마다 수군
거렸다. '도시로 가자!' 나는 찬피동물의 속성도 잊어버린 듯 머

릿속이 뜨거워졌다. 필시 이 이농 계획은 나를 빼놓은 구상이 틀림없었다. 나는 아직까지도 도시의 아파트에 깃들어 사는 지킴이에 대해 들어본 적이 없다.

10

늬 가족이 도시로 떠나던 날, 나는 아침 일찍 슬그머니 건너말 송골로 가서 이삿짐을 옮기는 너희 가족을 보았다. 나직이 울었으나 늬 가족이 들을 정도는 아니었다. 대관절 빈집을 지켜야 하는 지킴이란 무엇인가. 그 해 가을, 겨울잠 준비도 잊고 가으내 굶었다.

11

가끔 소식을 듣기는 했다. 첫째가 장가가고, 둘째가 장가가고, 셋째가, 마침내 너 막내마저 장가갔다는. 형제들 모두 메추라기 흩어지듯 분가해 버리자 어지간히 늙은 나는 또 혼란스러웠다. 나는 이제 첫째네 지킴이가 될 것인가, 둘째네 지킴이가 될 것인가. 그러나 곧 깨달았지. 모두 도시 속에 자리 잡은 그 어느 곳도 내가 갈 곳이 아님을.

12

늬 가족 떠난 지 십 몇년, 마당과 청뜰엔 잡초 무성코, 방마다
들쥐들이 쑤알거리는 빈집이지만 아직도 이 집안엔 늬들은 잊어
버린 늬 형제들이 살고 있다. 성들은 부산하게 책가방을 싸고,
오늘도 장아찌 반찬에 보리밥 도시락을 싸는 에미와 빈집 지키
며 처마 그림자를 재는 막둥이가 이토록 선명하거늘, 나는 언제
까지나 이들의 유년의 꿈에 귀 기울이며, '내 탓'을 얹기를 희망
할 것이다. 어쩌면 오래잖아 이 집을 찾은 형제들 중 하나는 다
시는 보지 못할 내 마지막 허물을 집어들고 나직하고 경건하게
중얼거릴 것이다. '아아, 이것은 우리 집 업이었지'라고.

어머니 1

즌 데만 디뎌온 것은 아니었으리라. 더러는 마른 땅을 밟아 보기도 했으리라. 시린 눈발에 얼기만 한 것은 아니었으리라. 더러는 따스한 아랫목에 지져보기도 했으리라. 구멍 난 흙양말을 신기만 한 것은 아니었으리라. 더러는 보드라운 버선코를 오똑 세워보기도 했으리라. 종종걸음만 친 것은 아니었으리라. 더러는 덩실 어깨춤을 실어보기도 했으리라.

열무김치에 물 말아 자신 밥상 너머 물 날은 몸뻬 밑으로, 혼곤한 낮잠 사이로 비어져 나온, 뒤꿈치가 풀뿌리처럼 갈라진.

어머니 5
― 검버섯

산나물 캐고 버섯 따러 다니던 산지기 아내
허리 굽고, 눈물 괴는 노안이 흐려오자
마루에 걸터앉아 먼 산 바라보신다
칠십 년 산그늘이 이마를 적신다
버섯은 습생 음지 생물
어머니, 온몸을 빌어 검버섯 재배하신다
뿌리지 않아도 날아오는 홀씨
주름진 핏줄마다 뿌리내린다
아무도 따거나 훔칠 수 없는 검버섯
어머니, 비로소 혼자만의 밭을 일구신다

아버지 1

  풍으로 떨던 아버지, 나 하나도 슬프지 않았네
  내 나이 다섯 살, 지팡이 짚은 아버지 허리춤 풀어주며 오줌시
중 들어도 나 하나도 가엾지 않았네
  어머니는 일하러 나가는 사람, 아버지는 그저 방 안에 있는 사람
  이따금 콜록거리는 기침과 긴 한숨이 문턱을 넘어 왔지만, 나
무시했네
  나를 사로잡은 건 그보다 능구렁이나, 다람쥐 울음소리였다네
  어느 날 아버지 잠자리 꼬리 밀짚 꿰어 시집보내던 나를 불렀네
  막내야, 산내끼 좀 가져다 다오—
  고무신 꿴 아버지 댓돌 아래 나오시네
  아부지, 산내끼 여기
  가까스로 헛간으로 오신 아버지, 새끼줄로 목을 매시네
  나 말리지 않았네
  발버둥치던 아버지, 새끼줄이 끊어지자 청뜰에 떨어져 피투
성이가 되었네
  나, 그제서야 앙 하고 울었네
  아버지는 그 후로 일 년을 더 사셨네

아버지 4

눈 쌓인 동짓달 초나흗날이었지
어머니는 안절부절 못하셨다
아버지 머리 흔들어 깨우시나 아무런 대꾸도 없었다
곤했던 평생이 부르는 마지막 잠을 앞두고 계신 거였지
그날따라 성들은 누가 부른 듯이 일찍 귀가했다
어머니와 육남매 둘러앉아 머리 큰 차례로
어깨를 들먹이기 시작했지
예감한 어머니, 숭늉 한 대접 떠와 한 숟갈씩 떠 넣으라 하셨다
후제 어머니 말씀하신다
그래도 복 있는 냥반이지, 육남매 종신 다 보고,
숭늉 한 그릇 다 자시고 떠나셨으니……
어찌 알았는지 동네 사람들 수런대며 들어선다
천수답 논달뱅이 옆에 서 있던 왕도토리나무 베어 화톳불 밝
혔다
하필이면 밤톨만한 왕도토리나무를 벨 게 뭐람
여섯 살짜리 나, 서운했지만 아무 말도 못했다
임종 때 덩달아 울먹이던 나, 그 눈물 까맣게 잊고 아줌마들
마당에 솥뚜껑 엎어놓고 전 부치는 풍경에 군침 삼키며 말했다
나 부침개 좀 줘
그 후, 머리가 큰 나, 상주가 식욕이라니―

도리질하며 부끄럼을 털곤 한다

어머니는 그 후, 더 이상 여성으로만 살 수 없었다
대마디 같은 손, 솔거죽 같은 발꿈치, 지게 진 뒷모습,
누가 내 기억 속 어머니의 사진에 아버지의 모습을 합성시켜
놓았는가

누나야

누나야
다섯 살 어린 동생을 업고 마실갔다가
땀 뻘뻘 흘리며 비탈길 산지기 오두막 찾아오던 참대처럼 야무진,
그러나 나와 더불어 산지기 딸인 누나야
국민학교 때
'코스모스 꽃잎에 톱날이 박혀 있네
톱질하시던 아버지 모습 아련히 떠오르네'
동시를 지어 백일장에 장원한 누나야
나이팅게일이 되겠다고, 백의천사가 되겠다고
간호대학에 간 누나야
졸업한 다음 시내 병원 다 뿌리치고 오지마을
무의촌 진료소장이 된 누나야
부임 첫날 다급한 소식 듣고 찾아간 곳이 다름 아닌
냄새 나는 축사, 난산의 돼지 몸 푸는 날이었다고
다섯 마린지 여섯 마린지 새끼돼지 받아내느라
혼났다던 스물두 살 누나야
못난 동생 시인 됐다고 그럴 줄 알았다고
머리 쓰다듬던 누나야
병든 엄마 병들었다고 누구보다 먼저 친정 달려와

링거병 꽂고 가는 양념딸 누나야
이제 곧 큰 길이 나고 사라진다는 고향마을 중고개에
아직도 나를 업고 가느라 깍지 낀 손에
파란 힘줄 돋는 누나야
세상의 모든 누나들을 따뜻한 별로 만든
나의 누나야

외딴 유치원

아랫목에 밥 묻어 놨다—
어머니, 품 팔러 새벽 이슬 차며 나가시고
막내야, 집 잘 봐라
형, 누나 학교 가고 나면 어린 나 아버지와 집 지키네
산지기 외딴집 여름해 길고,
놀아줄 친구조차 없었지만 나 하나도 심심하지 않았다네
외양간엔 무섭지만 형아 같은 중송아지,
마루 밑에 양은냄빈 왈칵 물어도 내 손은 잘근 씹는 검줄이,
타작 끝난 콩섶으로 들락거리던 복실꼬리 줄다람쥐,
엄마처럼 엉덩이 푸짐한 암탉도 한 마리 있었다네
아아 낯설고 낯설어라, 세상은 한눈 팔 수 없는 곳—
원생은 나 하나뿐인 외딴 유치원, 솔뫼 고개 우리 집
아니 아니, 나 말고도 봄에 한배 내린 병아리 떼가 있었네
그렇지만 다섯 살배기 나보다 훨씬 재빠르고 약았다네
병아리 쫓아, 다람쥐 쫓아 텃밭 빠대다보면,
아버지 부르시네
풍으로 떨던 아버지,
마당에 비친 처마 그림자 내다보고 점심 먹자 하시네
해가 높아졌네, 저 해 기울면 엄마가 오시겠지

자연의 학교

솔뫼골 산지기 외딴집 내 나이 여섯 살, 누가 펼쳐놨으까. 저만치 봇도랑 너머 논두렁 밭두렁이 줄 잘 그어놓은 공책이잖구. 물 댄 올벼논 께부터 읽어볼까. 가갸 거겨 고교 구규 그기. 개구리 선생이 시작하면 질세라, 까치는 까갸 두꺼비는 꺼껴 장닭은 꼬꾜 구렁이는 꾸뀨 장끼는 끄끼. 나는 두 팔 내저으며 깔깔.

셈을 해볼까? 나팔꽃은 외 잎, 움트는 호박 떡잎은 두 잎, 토끼풀은 세 잎, 달맞이꽃은 네 잎, 외양간보다 더 높은 아카시아 잎사귀는 무량대수. 호주머닐 뒤져보니 울큰 풋복상이 다섯 개 있었는데 두 개 먹고 나니 시 개 남았네?

아무도 음악 시간이라 말하지 않아. 다만 귀를 열어놓았을 때야. 딱딱딱 나무 쪼는 딱따구리나, 통통통 양철 루핑 두드리는 빗방울은 타악기야. 필릴리, 호드기와 보리피리는 관악기고, 성아 필통뚜껑에 고무줄 퉁기는 나는 현악기 연주자지.

여우비가 왔다. 앞산에 걸린 무지개 팔레트에 마음을 흠뻑 담궜다가 눈을 옮기면, 봐 철쭉은 분홍, 채송화는 빨강, 새순은 파랗지? 이것 저것 그리다 지쳐 눈을 감으면 세상은 온통 까망.

\>

   노랑나비 한 마리 너울너울 날아가거든 고양이처럼 뛰어 보렴. 산개구리 한 마리 잡으려거든 검줄이처럼 얄이 나서 달려보렴. 살구를 따려거든 원숭이처럼 매달려보렴. 대낭구 검을 휘둘러보자, 후두둑 단칼에 망초꽃이 지는구나.

   망초꽃 베다 해 떨어졌다. 식구들 둘러앉아 애호박 숭숭 썰어 넣은 칼국수 한 그릇씩 비우고 평상에 누우면, 하나 둘 초저녁별이 돋는구나. 얘, 별자리 공부할까? 누나 무릎을 베고 어디, 어디? 오리온자리 대신, 전갈자리 대신 누나 손가락만 보다가 별이 돋는 걸 다 못 보고 나 잠이 든다.

감꽃 속에 있다가

외딴집에 종일 놀다가
그동안 어디 있었니? 누가 물으면
으음, 음 한참 생각하다가
감꽃을 주울 땐 감꽃 속에 있다가요
삘기를 뽑을 땐 삘기 속에 있다가요
풍뎅이를 잡을 땐 풍뎅이와 있다가요
검줄이와 놀 땐 검줄이와 있다가요
요렇게 대답하지 못하고
그냥 집에 있었지요, 뭐

아무리 파 보아도

어릴 적 봄날
노오란 개나리가 너무 눈이 부셔서
뿌리 밑을 삽으로 파 보았어요
그렇지만 아무리 파 보아도
노랑색 흙은 없었습니다
나리꽃 밑을 파 보아도
주황색 흙은 없었습니다

고요

메밀묵 팔러 시내 가신 엄마, 앞들에 땅거미 지도록 돌아오지
않아
  섬돌에 앉아 목 빼어 고갯길 바라보노라면
  외딴집 외딴 마당은 아득히 고요해
  건너 마을 저녁연기도, 개 짖는 소리도 그치면
  빈 묵판 달각이는 엄마 발자욱 소리 들려오도록
  세상은 너무나 고요해
  집 나간 강아지 검줄이 집도 고요해
  빚 대신 팔려간 중송아지 없는 외양간도 고요해
  장작불 사위어든 쇠죽솥 고래도 고요해
  이태 전 돌아가신 아버지 기침소리도 나지 않는,
  학교 간 누나도 돌아오지 않는 두 칸 방도 고요해

달이 먼저 뜰라나, 엄마 먼저 오실라나
토옥… 톡!
가으내 바싹 마른 달맞이꽃 씨앗 터지는 소리

평상

애들아, 저녁 먹자, 등잔불 끄고 평상으로 나오너라
허기진 나는 꿩에병아리처럼 튀어나가고
암탉 같은 엄마는 양푼 그득 수제빌 안고 온다
니째 성, 모깃불에 풀 한 뭇 더 얹고
다담바른 누나가 숟가락 쥐어줄 새도 없이
아이 내구어– 아이 내궈 식구들 둥글게 모여 수제빌 먹는다
하아, 개복상낭구에 걸렸던 애호박이 맛있구나

식구들 모두 부른 배 내어놓고 평상에 누우면
나도 볼록한 조롱박 배를 두드리며 누나 팔베개 고쳐 벤다
소 없는 외양간 우에 박꽃이 환하구나
으음, 박꽃!
박꽃? 꽃밭!
밭두렁!
렁? 렁?
나는 말꼬릴 잇지 못해 발을 동동 구르고 누나는 깔깔대며 내
코를 비튼다
누가 밤하늘에 옥수수알을 뿌려놨으까
까막새가 다 쥐 먹는 걸 보지 못하고 나는 잠이 든다

가정방문

이 일을 어쩌믄 좋아, 저기 저기 감낭구 아래 담임 선생님 가정
방문 오시네. 오늘 낼 넘기믄 안 오실 줄 알았지. 뒤란에 숨으까
산으로 가까, 콩밭에 숨으까 수수밭에 숨으까. 마음은 동서남북
사방팔방 첫서리하다 들킨 것처럼 뿔뿔이 달아나는데 몸은 왜
이리 고구마자루 같으까. 옴쭉달싹 못 하고 가슴은 벌렁벌렁, 선
생님 벌써 사립문 없는 삽짝에 들어서시네… 선생님 오셨어유?
치란아, 어머니 어디 가셨냐, 밭에 가셨나 봐유. 지가 불러올게
잠깐 기다리세유… 엄마, 엄마, 선생님 오셨어. 열무밭 매던 엄
마, 허겁지겁 달려 나오시는데, 펭소에 들어오지 않던 우리 엄마
입성이 왜 저리 선연할까. 치마저고리 그만두고, 나무꾼이 감춘
선녀옷 그만두고, 감물 든 큰성 난닝구에, 고무줄 헐건 몸빼바지
넥타이허리띠로 동여매고, 동방위 받는 시째 성 깜장색 훈련화
고쳐 신고 달려나오시는데, 조자룡이 헌 창 쓰듯 흙 묻은 손에
호멩이는 왜 들고 나오시나.
　양푼에 조선오이 삐져놓고, 찬물 한 대접 곁들여놓고, 엄마 옆
에 붙어 앉았지만 선생님 말씀 듣기지 않고, 기름때 묻은 사기
등잔이, 구멍 난 창호지가, 흙 쏟아지는 베름짝이, 쥐오줌에 쳐
진 안방 천장이, 잡풀 돋는 헛간 지붕이 용용 죽겠지 눈 꿈쩍이
며 선상님 나 여깄수 소릴 치네. 중고개 이정골 통틀어 제일 외딴
집, 전기도 안 들어오는 산지기 집에 담임 선생님 오신 날, 나 이

날 잊을 수 없었네. 잊을 수 없어서 선생님 오신 다음 다음 날 일요일 날, 나 뒷산에 올라 대낭구 장대로 참낭구 시퍼런 누에고치를 두들겨 털었다네. 이놈 따다가 우리 엄마 참낭구 새순처럼 은은히 푸른 비단 치마 저고리 해 드려야지. 털고 또 털어 대소쿠리 그득 고치 찼지만, 그러나 엄마는 그 고치 내다 팔았고, 나 울면서 그 돈 타다 공책 샀다네.

월식

돼지우리 삼은 큰 궤짝 걷어차며
이놈 팔아 나 중핵교나 보내주지
거듭 걷어차던 시째 성 집 나갔다
대처 나간 성들도 소식 없었다

사진틀 끌어안고 눈물짓던 엄마는
묵판 이고 나가다 빙판에 팔 부러졌다
말 없는 니째 성 더욱 말 없고
말 잘 하는 누나도 말이 없었다

겨울 바람은 왜 쌀 떨어지고, 옷 떨어지고,
땔감 떨어진 집을 더 좋아하나
연기 솟는 방고래, 흙 쏟아지는 베름짝이
무에 문제냐고 하룻밤 묵어 가잰다

마실 갔다온 엄마가 말씀하신다
이상한 일도 다 있지 마실 갈 땐 둥실하던 보름달이
슬슬 줄어들어 그믐처럼 깜깜터니
돌아올 때 그짓말처럼 환하지 않더냐

\>

그게 월식인 줄 대처 나간 성들은 알고 있었을까
얼음보다 더 찬, 멍석보다 더 큰 그믐달이
슬슬 가려주던 우리 집 언젠가
그짓말처럼 환해질 줄 알고 있었을까

까막새

까막새야, 육 년 전에 큰아들 데려간 까막새야. 묵 한 모 주랴?
올겨울게는 지아비도 죽었다 까막새야. 등록금 없어 중핵교 못
간 시째는 집나갔다 까막새야. 깨진 묵 한 모 주랴? 애들 싯 남은
방구들은 여전히 차건만, 불 때도 안칠 쌀 없다 까막새야. 성한
묵 한 모 주랴? 이 고개 넘고 저 개울 건너, 묵 한 판 다 팔아야 쌀
댓 된데 까막새야. 심봉사 나막신 신고 빙판 걷듯, 삐뚠 부뚜막
에 달걀 놓듯, 두둠발이 두둠두둠 묵판 이고 가던 길이었다 까막
새야. 까짓거 빙판에 부서진 묵판쯤이야 암것도 아니다 까막새
야. 깨지고 으서진 메밀묵쯤이야 암것도 아니다 까막새야. 부서
진 묵판은 못질하면 되구, 깨진 묵은 다시 쑤면 되지만, 깨지구
부서진 게 메밀묵뿐이더냐. 말해다오 까막새야. 참말 부서진 게
메밀묵뿐이더냐. 이리 가두 산이구 저리 가두 산이로구나. 휘어
진 허리 묵판 이고 몇 번을 더 넘어야 이 고개 아주 넘는다냐. 고
무신 몇 켤레면 이 고개가 닳는다냐. 묵 한 모 줄게 말해다오. 얄
궂은 고갯길은 날 자빠뜨리구두 얼러주고, 모진 칼바람은 따귈
때리구두 눈물마저 훔쳐가니, 얼굴은 우는 상호래두 울지도 못
하겠구나 까막새야.

넘어갔다!

'넘어간다, 넘어간다, 넘어간다…….'

보리밭 갈던 순희 아버지 느닷없이 워워~가던 소 잡아 세우고 밭두렁에 극징이 꽂아둔 채 단감나무 선 언덕배기로 달려가 소리 지르기 시작한다.

가짓잎괭이로 흙덩이 부수던 엄마와 나, 멍하니 서서 그 모습 바라보지만 영문을 알 수 없어 마주본다.

'순희 아부지, 넘어가긴 뭐가 넘어가유?'

'……넘어간다, 넘어간다, 넘어간다…….'

'얼릉 놉 얻어 밭을 갈아야 보리도 뿌리고 마늘도 놓을 텐데. 하도 일손이 귀하니 어디 가서 놉을 얻는다니…….'

메칠이고 노랠 부르던 엄마, 마침내 오늘 경식이네 소품 사고, 순희 아부지 놉 얻어 포원 풀던 참에 해는 설풋 기울어 마음이 바쁘건만 저 냥반은 왜 또 저런다냐.

'대체 넘어가긴 뭐가 넘어가유?'

'넘어간다, 넘어간다아아~, 넘어갔다!'

후유유~ 한숨 길게 쉬며, 그러나 한껏 상기된 얼굴로 순희 아부지 가리키는 손끝엔 가을해가 서산 뒤로 떨어지고 있었다.

'아줌니, 해 떨어졌으니 나 가유.'

순둥이처럼 착하지만 살풋 모자란 순희 아부지 그 모습, 이십 년 지난 지금도 선명타.

확인 못한 이야기들

참외밭

누나, 누나, 여기 누가 참외 따갔네? 꼭지만 남았어.

아, 그거! 아마 고슴도치가 따갔나 보다. 너, 고슴도치가 왜 밤송이처럼 가시가 돋쳤는지 모르지? 이빨로 참외꼭질 갉아서 똑 떼 담에 등가시로 콕 찍어서 짊어지고 엉금엉금 기어간단다.

증말이야?

뒤란에 다람쥐

성, 니째 성, 나 다람쥐 한 마리만 잡아 주면 얽으미에 넣고 키우지.

임마, 다람쥐를 어뜨케 잡냐. 아, 한 가지 방법이 있긴 있다. 장독대 뒤에, 밤나무 밑에 다람쥐 많지? 다람쥐가 밤 줏어 먹느라 정신없을 때 갑자기 바람이 불면 알밤이 떨어져 가끔 다람쥐들이 뒤통수 맞고 기절한다더라. 알밤 맞은 다람쥐 보면 내 주워서 너 주지. 너도 바람 불 때 잘 봐라?

…알았어!

>

꿩동산

꿔어꿔꿔— 엉—

아부지, 꿩괴기가 닭괴기보다 맛있나?

그으럼, 열이 먹다 아홉이 죽어도 모른단다.

아부지 그러면 꿩 좀 잡아오지.

니가 좀 잡아서 아부지 꿩괴기 맛좀 보여 주거라.

에이, 내가 어떻게 잡아.

꿩 잡는 건 어렵잖다. 장끼 두 마리가 싸우기 시작하면 한 놈이 죽어야 끝나거든. 넌 가만히 쌈 구경하고 있다가 죽은 놈 한 마리 줏어오면 아부지가 구워주지.

으응… 근데 어디서 싸워?

어린이날

공군 3579부대 기동타격대 반 방위병, 무사히 기지방어 야간 근무 마치고 집에 돌아오니 아무도 없어, 풍년 전기밥솥을 열어 김치에 밥 한 술 혼자 뜨는데, TV 채널을 돌리니 '오월은 푸르구나~ 우리들은 자란다아~.' 이쪽으로 돌려도, 저쪽으로 돌려도, '오늘은 어린이날 우리들 세상~.' '에이 재미없어.' ON/OFF 스위치를 픽 눌러 끄는데,

'우리 막내둥이 오셨나?'

삽짝문 열고 칠순 노모가 들어오시네.

'마실 다녀오셔유?'

'아니다. 아침에 테리비를 보니까 오늘이 어린이날 아니냐. 우리 막내 뭘 슨물할까 하다가 막걸리 한 병 받아오는 질이다.'

'야? 막걸리를?'

어머니, 빙긋 웃으며 빈 스뎅 그릇을 내미신다.

잠언

제 뿔이 반달처럼 휘어 관자놀이를 찔린 황소와
부메랑에 제 손가락이 잘린 사냥꾼과
믿는 도끼에 발등이 찍힌 나무꾼과
제가 휘두른 쌍절곤에 머리통이 부어오른 무술인이 만나
하소연하는 모임이 있었다
제가 뿌린 농약을 먹고 비칠대는 사람도 참석했다

이 모임의 처음은 빈약했으나
그 나중은 창대하리라

가까운 봄날

지상에 단 한 마리 남은 주홍길앞잡이를
지상에 단 한 마리 남은 개구리매가 꿀꺽
삼켜버렸습니다
어디서 나왔는지 상제나비가
너울너울 춤을 추며 문상갑니다
지상에 단 한 포기 남은 개불알꽃이 툭,
마지막 불알을 떨굴
바로 그 무렵

목격
— 속도에 대한 명상 1

질주하는 바퀴가 청개구리를 터트리고 달려갔다
………
나는 한 생명이 바퀴를 멈추는 데
아무런 제동도 되지 못하는 것을 보았다

늙은 바퀴
— 속도에 대한 명상 2

달동네 새벽 비탈길을 청소부의 손수레가 굴러간다
손잡이를 움켜쥔 채 허공으로 번쩍 들린 청소부의 야윈 몸이
깃털처럼 위태롭다
이때, 손수레를 멈추어주는 저이는 누구인가
믿을 수 없다 나는 저이의 과거를 잘 알고 있다
저이는 한 번도 달리고 싶은 모든 것을 배반한 적이 없다
저이는 천 년 멈춰 선 바위의 명상이나
거북이의 느린 산책을 비웃었다
저이의 길은 언제나 탄탄대로였으며
줄창 달리고 달려 세상 가득 가쁜 숨소리만 남겨놓았다
저이는 도무지 멈출 줄 모르는 정열의 사내였으며,
오늘날 속도의 왕국을 세운 일등 공신이다
손수레가 다시 치솟다 가라앉는다
대체 무엇이 저이를 변절케 한 걸까
기를 쓰고 시멘트 바닥에 뱃살을 긁히며 비탈길을 부여잡으
려는
손수레 밑의 늙은 타이어 한 개

바퀴를 보면 세우고 싶다
— 속도에 대한 명상 3

해묵은 비급, 당랑권을 선보이며 불쑥
국도 위로 내려앉은 사마귀를 보았다
찌를 듯한 기세가 미더웁다
저건 고서에도 있는 유서깊은 싸움이다
그러나 흥분이 고조되기도 전,
가볍게 승용차가 밟고 갔다
푸른 체액이 납작한 주검보다 멀리 흐른다
이게 그들이 펼친 무공의 전부다
하지만 사마귀들은 오늘도 푸른 푸섶에서 찬이슬로 목축이며
새로운 권법을 연마하리라
반드시 질주하는 바퀴를 세우고 말겠노라고
바퀴처럼 둥근 달 둥글게 떠오르면 더 한층 다짐하리라

우리들의 타이타닉
— 속도에 대한 명상 7

침몰해가는 배에서 침몰하는 배에 관한 영화를 보는 스릴을
아느냐
　불치의 병상에 누워 불치의 아이가 죽어가는 다큐멘터리를 보
았느냐
　침몰하고 있는 배를 구명정일 거라고 철석같이 믿으면서
　철썩, 안심하고 가라앉는 종교를 보았느냐
　새순 같은, 고갱이 같은, 눈사람 같은 아가들아,
　네가 타고 있는 별이 숯이 되어 식고 있는 걸 아느냐

반성

당신은,

봅슬레이를 타고 인생에 대해 반성하는 선수를 본 적이 있는가

서울에서 부산까지
― 속도에 대한 명상 10

서울에서 부산까지
노란 실선을 긋는 것이 직업인 그 사내는
보았다
길 왼편의 암컷에게 가지 못하고
길 오른편에서 울부짖고 있는
오소리를, 개구리를, 도마뱀을
서울에서 부산까지
중앙 분리대를 쌓으며 가던 그 사내는
보았다
생명을 싣고 달리는 바퀴들이
생명을 밟고 다니거나
생명을 내동댕이치기도 하는 것을
서울에서 부산까지
아스콘을 새로 깔며 가던 그 사내는
들었다
수십 번의 봄이 지나갔으나
잎이 되지 못하고, 줄기가 되지 못하고
웅크려 앓고 있는 씨앗들의 음성을

그 사내 어느 날

서울에서 부산까지
둘둘둘 아스팔트를 말며 간다
젖은 흙살 위로 쏟아지는 저 붉은 햇살!
사내는 다시
부산에서 서울까지
나무를 심으며 온다
발자국마다 질경이 돋고
민들레 다시 핀다
꼭꼭 숨어 있던 동물과 곤충들
멸종 도감의 원색 화보를 밀치며
하나씩 둘씩 달려나온다

한 걸음
― 속도에 대한 명상 11

드물게 나무 아래 내려온 늘보가
땅이 꺼질세라 뒷발을 들어 앞으로 떼놓는다
나뭇잎에 앉아 있던 자벌레가 활처럼 굽은 허릴 펴
삐죽 앞으로 나앉는다
맹수에 쫓긴 토끼가 깡총 뛰어오른다
버섯조각을 입에 문 개미가 쏜살같이 내닫는다
첫돌 지난 아기가 뒤뚱거린다

보폭은 다르지만 모두 한 걸음이다

한평생
— 속도에 대한 명상 12

요 앞, 시궁창에서 오전에 부화한 하루살이는, 점심때 사춘기를 지나고, 오후에 짝을 만나, 저녁에 결혼했으며, 자정에 새끼를 쳤고, 새벽이 오자 천천히 해진 날개를 접으며 외쳤다. 춤추며 왔다가 춤추며 가노라.

미루나무 밑에서 날개를 얻어 칠일을 산 늙은 매미가 말했다. 득음이 있었고 지음이 있었다. 꼬박 이레 동안 노래를 불렀으나 한 번도 나뭇잎들이 박수를 아낀 적은 없었다.

칠십을 산 노인이 중얼거렸다. 춤출 일 있으면 내일로 미뤄두고, 노래할 일 있으면 모레로 미뤄두고, 모든 좋은 일은 좋은 날 오면 하마고 미뤘더니 가쁜 숨만 남았구나.

그 즈음 어느 바닷가에선 천년을 산 거북이가 느릿느릿 천년째 걸어가고 있었다.

모두 한평생이다.

나를 멈추게 하는 것들
— 속도에 대한 명상 13

보도 블록 틈에 핀 씀바귀꽃 한 포기가 나를 멈추게 한다

어쩌다 서울 하늘을 선회하는 제비 한두 마리가 나를 멈추게 한다

육교 아래 봄볕에 탄 까만 얼굴로 도라지를 다듬는 할머니의 옆모습이 나를 멈추게 한다

굽은 허리로 실업자 아들을 배웅하다 돌아서는 어머니의 뒷모습은 나를 멈추게 한다

나는 언제나 나를 멈추게 한 힘으로 다시 걷는다

사라진 동화마을

더 이상 불순한 상상을 금하겠다
달에는 이제 토끼가 살지 않는다, 알겠느냐
물 없는 계곡에 눈먼 선녀가 목욕을 해도
지게꾼에게 옷을 물어다 줄 사슴은 없느니라
아무도 호랑이에게 쫓겨 나무 위로 올라갈 일이 없을 것이며
나무 위에 오른들 더 이상 삭은 동아줄도 내려오지 않느니라
흥부전 이후, 또다시 빈민가에 박씨를 물고 오는 제비가 있을 것이며
소녀 가장이 밑 없는 독에 물을 부은들 어디 두꺼비 한 마리가 있더냐
이 땅엔 더 이상 여의주가 남아 있지 않나니,
한때 지구 자체가 푸른 여의주였음을 알 턱이 없는 너희들이
삼급수에서 비닐 봉다리 뒤집어쓴 용이 승천하길 바라느냐
자아, 더 이상 철부지 유아들을 어지럽히는 모든 동화책의 출판을 금한다
아울러, 덧없이 붉은 네온을 깜박이는 자들이여
쓸데없는 기도를 금한다
하느님은 현세의 간빙기 동안 취침중이니
절대 교회문을 시끄럽게 두들기지 말거라
너희가 부지런히 종말을 완성할 때 눈을 뜨리라

사라진 산 너머

한때 이곳도 인절미처럼 쫄깃쫄깃한 노란 별똥이 내리던 밤이 있었으리라. 개똥벌레는 한껏 개똥불을 켜고 한 번도 가 본 적 없는 먼 산 너머로 날아가곤 했으리라. 덩달아 몇몇 산골아이들의 꿈도 개똥불에 얹혔을 테지만 개똥벌레는 한층 우쭐거렸으리라. 그 중 몇 아이가 자라 도시로 갔을까. 어쩌면 다만 그뿐, 가난한 아이들은 곧 가난한 어른이 되어 다시 가난한 아이들을 낳고 가난하게 늙었으리라. 낙엽과 열매를 모두 떨군 겨울나무가 스스로 가난한 줄을 모르듯이.

이제 이곳엔 별똥을 달아 수은등을 세우고, 개똥불을 박아 자동차를 굴린다. 머잖아 한 번도 가 본 적 없는 먼 산 너머 같은 미신은 사라질 것이며, 아이들은 더 이상 궁상스레 개똥불에 꿈을 태우지 않아도 된다. 어둠은 남김없이 빛이 될 것이며 꿈은 곧 현실이 될 것이므로. 불운한 몇몇 아이들을 빼고, 부유한 아이들은 곧 부유한 어른이 되어 다시 부유한 아이들을 낳고 부유하게 늙어 가리라. 아무리 채워도 허기진 욕망처럼 아무리 따먹어도 줄지 않는 과일나무가 눈 속에서도 붉게 열매 맺으리라.

장미의 죽음

어린 왕자가 사는 별에
장미가 죽었다
어린 왕자는 엎드려
장미의 무덤을 껴안았다
소혹성 B612호는 잠깐
자전을 멈추었다

노스트라다무스의 별

한때 이 별은 소리의 창고였지
곳간 그득 쟁쟁한 소리들이 넘쳐 흐르던
소리의 왕국이었네
살아있는 모두가 악기였던 이곳 백성들이 왜
소리를 잃고 사라졌는지 몰라
쉰 목소리로 불러보지만
아무도 대답 없네
뻘흙에 묻힌 피리처럼, 물속에 잠긴 나팔처럼
잠깐, 이 별을 망태에 담기 전에
귀를 기울여야 해
혹시라도 작은 풀무치 하나, 휘파람새 하나
풀잎 하나의 떨림이라도 남아 있으면
큰일이니까
그렇지만 아무런 소리도 들리지 않네
연인을 부르던 떨리는 음성
짝짓기철 들씨근한 수소의 콧김
아이를 재우는 자장가 소리
봄나무들 팔뚝 그득한 물소리
아무것도 이제는 없네
마지막까지 살아있던 메아리는

누구의 울음이었을까

나는 뜰채로 죽은 별을 건지는 사람

두드려 봐도 소리가 나지 않는 이 별을 건지려네

이제 누군가 이 별로 오는 이정표를 지워야 하리

어떤 채용 통보

아무도 거들떠 보도 않는 저를 채용하신다니
삽자루는커녕 수저 들 힘도 없는 저를,
셈도 흐리고, 자식도 몰라보는 저를,
빚쟁이인 저를 받아주신다니
출근복도 교통비도, 이발도 말고 면도도 말고
입던 옷 그대로 오시라니
삶이 곧 전과이므로 이력서 대신
검버섯 같은 별만 달고 가겠습니다
미운 사람도 간다니 미운 마음도 같이 가는지 걱정되지만
사랑하는 사람도 간다니 반갑게 가겠습니다
민들레도 가고 복사꽃도 간다니
목마른 입술만 들고, 배고픈 허기만 들고
허위허위 느실느실 가겠습니다
살아 죄지은 팔목뼈 두 개 발목뼈 두 개
희디희게 삭은 뼈 네 개쯤 추려
윷가락처럼 던지며 가겠습니다
도면 한 걸음, 모면 깡충깡충 다섯 걸음!
고무신 한 짝 벗어 죄 없는 흙 가려 넣어
꽃씨 하나 묻어들고 가겠습니다

둥근 시집

나무의 나이테 속에 버려 넣은
여름이 있고 겨울이 있다
천 개의 손끝에 송이꽃을 들고 불타는 햇빛을 연모하던 기억
도 있다
뭇바람의 제국주의자들이 흔들고 지나갈 때마다
박수를 치던 치욕의 기억조차 새기어놓았다
나이테는 그 여름의 연서이자
그 겨울의 난중일기이다

나이테는 밑동 잘린 고목의 유고 시집이다
천년 고찰은 저 둥근 시집을 읽으며 무너지지 않을 수 있었다
천년 불상조차 한 번도 저 시 낭독이 싫어 외출한 적이 없다
풍경을 두드리는 바람은 견디기 힘든 유혹이지만
붓다의 처음 깨달음도 저 나이테의 그늘 아래서였다

나이테는 제 가슴에 새긴 목판 경전이다
무량수전 배흘림기둥에 좀벌레가 기어간다
저 느린 것들이 나이테 경전을 마저 읽고 나면
곧 새로 늙은 젊은 기둥이 또 한 세월을 받치리라

갈 수 없는 그곳

그렇지요. 전설은 아직 끝나지 않았어요. 지상의 가장 높은 산보다 더 높다는 그곳은 도대체 얼마나 험준한 곳이겠습니까. 새벽이 되기 전 모두 여장을 꾸립니다. 탈것이 발달된 지금 혹은 자가용으로, 전세 버스로, 더러는 자가 헬기로, 여유치 못한 사람들 도보로 나섭니다. 우는 아이 볼기 때리며 병든 부모 손수레에 싣고 길 떠나는 사람들, 오기도 많이 왔지만 아직 그곳은 보이지 않습니다. 더러는 도복을 입은 도사들 그곳에 가까이 왔다는 소문을 팔아 돈을 벌기도 합니다. 낙타가 바늘귀 빠져나가기보다 더 어렵다는 그곳, 그러나 바늘귀도 오랜 세월 삭아 부러지고 굳이 더 이상 통과할 바늘귀도 없이 자가용을 가진 많은 사람들, 벌써 그곳에 도착했다는 이야기도 들립니다. 건너가야 할 육교나 지하도도 없는 곳, 도보자들이 몰려 있는 횡단보도에 연이은 차량, 그들에게 그곳으로 가는 신호등은 언제나 빨간불입니다. 오랜 기간 지친 사람들, 무단 횡단을 하다가 즉심에 넘어가거나 허리를 치어 넘어지곤 합니다. 갈 수 없는 그곳, 그러나 모두 떠나면 누가 이곳에 남아 씨 뿌리고 곡식을 거둡니까. 아름다운 사람들, 하나 둘 돌아옵니다. 모두 떠나고 나니 내가 살던 이곳이야말로 그리도 가고 싶어하던 그곳인 줄을 아아 당신도 아시나요.

가뭄

저 소리 없는 불꽃 좀 보아.

감열지처럼 검게 타오르는 들판,
그 위로 날던 새 한 마리
한 점 마침표로 추락한다.

하! 삼도내마저 말라붙어
차안과 피안의 경계가 없어졌다.

인터넷 시평

인터넷 시평

http://blog.daum.net/meeso0331/21053 청랑 김은주가
머무는 사랑의 공간 / 시집 『웃음의 힘』

「웃음의 힘」이라는 시는 언제 읽어도 참 좋다. 그 시집의 시편
들 전체가 매우 짧다. 그러니 촌철의 힘이 더욱 여실히 드러난
다. 그의 짧은 시는 짧을수록 한 알의 이슬, 한 알의 사리 같다.
그러니 그는 한 편의 시를 얻기 위해 언제나 어느 때나 깊은 생각
을 하는 시인이라는 걸 곧 알게 된다. 그의 시를 읽으면서 느끼
게 되는 것은 그가 정말로 시인이라는 것이다.

http://blog.naver.com/PostView.nhn?blogId=kelly110
&logNo=221926472654 천 권의 약속 / 시집 『웃음의 힘』

시인의 고달픈 삶이란 평범한 사람이 생각할 수 없는 일인지
도 모른다. 시를 써서 밥을 먹는다는 것은 정말 대단한 일인 것

같다. 이 책 속 '팔자'라는 시에 보면 '시인은 펜이 젤루 무겁고… 저마다 가장 무거운 걸 젤루 잘 휘두르니'라는 말이 있듯 삶의 무게가 있지만 열심해 해내고 있는 시인의 모습을 상상할 수 있다. 짧디 짧은 이 시들에 숨은 철학과 해학이 나의 머리를 깨운다. 가끔 손에 드는 시집은 나의 머리를 맑아지게 하고, 나의 마음을 꿈틀거리게 만든다.

https://blog.naver.com/han7109318/221756292152 풀잎사랑 / 시 「새해 첫 기적」

　황새, 말, 거북이, 달팽이, 굼벵이는 현재형으로 지금 막 도착한 거고. 바위는 이미 도착해 '있었다'는 과거시제를 쓴 것이 이 시의 맛을 살려 준다. 날고, 달리고, 걷고, 기고, 구르고… 사는 방법이 다 다르고 형편이 다르지만 시간은 공평하게 흐른다. 시인은 이것이 기적이란다. 책 제목이 『웃음의 힘』인데 반칠환 님께서는 진짜 재미있는 시를 많이 쓰셨다.

http://cafe.daum.net/isbobyb/Ei9E/13901?q / 시 「새해 첫 기적」

　그렇네. 기적이네~ 구른 놈도 뛴 놈도 난 놈도 돌아보니 모두 같은 자리. 뒤쳐진 줄 알고 안달했는데 잘나 보이던 놈도 같은 자리. 기적은 멀리 있는 게 아니었네~ 나를 포함 우수마발 모두가 기적이었네~~ 새해 모두 즐겁고 행복하세요.

https://biencan.tistory.com/2774 / 시「새해 첫 기적」

다시 새해 첫날이 열렸다. 어제의 아쉬움이 오늘은 기대와 설렘으로 변했다. 날든, 뛰든, 아님 앉은 채 그대로든 모든 존재들에게 새해 첫날은 기적처럼 똑같이 주어졌다. 여기엔 잘난 이, 못난 이의 차별이 없다. 그러나 우리의 매일 매일이 첫날처럼 설렘과 경이로 가득할 수 있다면, 그것이야말로 기적의 축복이라고 부를 수 있을 것이다. 이 시에서 재미있는 점은 가만히 앉아 있는 바위가 제일 먼저 도착해 있었다는 것이다. 아무 움직임이 없는 것이 가장 빠르다는 역설의 진리가 흥미롭다.

http://blog.naver.com/PostView.nhn?blogId=lby56&logNo=221767394462 현산서재 / 시「봄」

여섯 행밖에 되지 않는 시에서 시인은 봄-요리사, 싹과 꽃-냉동 재료, 봄 풍경-맛난 음식으로 병치시키며 아름다운 봄 풍경을 참 멋지게 그려놓았다. 특히 마지막 행, '아른아른 김조차 나지 않는가'에 와서는 무릎을 치지 않을 수 없다. 수많은 봄을 지내왔는데, 봄이면 산과 들에서 아름다운 봄 풍경을 봤을 텐데, 나는 왜 이런 생각을 하지 못했을까.

http://blog.naver.com/PostView.nhn?blogId=sl1503&logNo=20205233208 향나무 / 시「봄」

어머나! 짧은 시로 봄을 이렇게 맛나게 읊으시다니요. 봄을 조

물거리는 시선이 신선하기도 합니다. 짧지만 어느 시보다 긴 이야기를 들려주네요. 어느 새 2월, 월요일 아침 햇살이 눈부십니다. 저 햇살처럼 희망찬 한 주일이길 희망합니다. 아효효효효.

https://blog.naver.com/poemone/80018897220 그린향 (poemone) / 시「호두과자」

기차여행 때 천안을 떠올리는 호두과자로 성性적인 뉘앙스를 슬쩍 내비친다. 그런 시각으로 보니 시를 재미있게 한다. '호도나무 가로수 下'라는 것도 맹맹하게 읽히는 것이 아니다. 거기에다 '칙칙폭폭, 덜렁덜렁'이라는 구절은 이 인생의 흔들림, 인생의 한 단면을 풍자적이고 해학적으로 그려내어 시인의 통찰력과 형상화 솜씨에 감탄하게 한다.

http://www.kyobobook.co.kr/product/detailViewKor.laf?ejkGb=KOR&mallGb=KOR&barcode=9788997386338&orderClick=LET&Kc= / 시집『뜰채로 죽은 별을 건지는 사랑』

이 시집을 읽으면서 특히 좋았던 것은 평이한 언어였습니다. 삶의 아픔 혹은 세상의 삭막함을 노래하면서도 어둡지 않게 능칠 수 있는 여유 혹은 혜안이 빛나고 있습니다. 관념성이 주류를 이루는 요즘 시 풍토에서 심각과 고독의 제스처가 보편적인 것인 것과는 좋은 대조를 이룹니다. 또한, 적어도 어떤 독자라도 그의 시집에서는 읽고 나서 작의가 무엇인지 몰라 머리를 긁적

일 일은 없습니다. 이런 투명함에 감동의 울림을 넣을 수 있다는 점은 작가의 가장 돋보이는 미덕입니다. −윤정훈(언론인)

https://news.v.daum.net/v/20121203180527902?f=o / 시 「새해 첫 기적」

　서울 광화문 교보생명 본사 '광화문글판'에 '겨울편' 글귀가 내걸렸다. '황새는 날아서 말은 뛰어서 달팽이는 기어서 새해 첫날에 도착했다'는 글귀는 반칠환 시인의 '새해 첫 기적'에서 따왔다. 교보생명 관계자는 "여러 차이에도 불구하고 서로 도와주며 새로운 출발을 위해 모인 것이 기적임을 유머러스하고 역동적으로 표현한 시"라며 "새해를 맞아 함께 새로운 미래로 나아가자는 뜻에서 이 글귀를 선정했다"고 전했다. −이상훈(언론인)

http://www.cctimes.kr/news/articleView.html?idxno=314129 / 시 「전쟁광 보호구역」

　"이 전쟁광놀이굿의 핵심은 현대문명의 광물성을 생명의 근원인 식물성으로 되돌려놓는 일이다. 생명이 살 수 없는 차갑고 냉혹한 이미지를 지닌 쇠를, 생명을 잉태하고 보호하는 대지모신의 이미지 흙으로 바꿔 놓는 이 굿은 바로 반생명성의 물질문명을 극복하고 생명성의 공동체문화를 회복하자는 의미를 담고 있다. 이런 놀이굿을 가능케 하는 동력은 동화 같은 상상력이다. 동화의 상상력은 반칠환 시인이 몸으로 체득한 특성이다." −김양헌(문학평론가)

반칠환 인터넷 시선집

새해 첫 기적

발　　행　2020년 7월 3일
지 은 이　반칠환
펴 낸 이　반송림
편집디자인　김지호
펴 낸 곳　도서출판 지혜 · 계간시전문지 애지
기획위원　반경환 이형권
주　　소　34624 대전광역시 동구 태전로 57, 2층 도서출판 지혜 (삼성동)
전　　화　042-625-1140
팩　　스　042-627-1140
전자우편　ejisarang@hanmail.net
애지카페　cafe.daum.net/ejiliterature

ISBN : 979-11-5728-403-0 03810
값 10,000원

반칠환

반칠환 시인은 1964년 충북 청주에서 태어나 청남초등학교와 중앙대 문예창작학과를 졸업했다. 1992년 《동아일보》 신춘문예로 등단했으며, 2002년 서라벌문학상, 2004년 자랑스러운 청남인상을 수상했다. 시집으로는 『뜰채로 죽은 별을 건지는 사랑』, 『웃음의 힘』, 『전쟁광 보호구역』이 있고, 시선집으로 『누나야』가 있다. 장편동화 『하늘궁전의 비밀』, 『지킴이는 뭘 지키지』, 시 해설집 『내게 가장 가까운 신, 당신』, 『꽃술 지렛대』, 『뉘도 모를 한때』, 인터뷰집 『책, 세상을 훔치다』 등이 있다.

반칠환 시인의 『새해 첫 기적』은 인터넷 시선집이며, 「새해 첫 기적」은 교보생명 '광화문글판'에 선정되었던 그의 대표작이라고 할 수가 있다. 2000년대 가장 시집이 많이 팔린 시인 중의 한 사람이 반칠환 시인이며, 그의 첫 시집 『뜰채로 죽은 별을 건지는 사랑』은 3만부 이상이 팔렸고, 그의 두 번째 시집인 『웃음의 힘』은 2만부 이상이 팔렸다. 그는 풍자와 해학을 통해 현대문명을 비판하면서도 어린 아이와도 같은 동화적 상상력으로 인간성의 회복과 함께, 자연과 인간이 하나가 되는 건강하고 풍요로운 공동체 사회를 시적 이상으로 꿈꾼다.

반칠환 시인의 인터넷 시선집 『새해 첫 기적』은 명실공히 그의 독자들이 엄선한 시집이며, 「새해 첫 기적」, 「노랑제비꽃」, 「웃음의 힘」, 「봄」, 「호두과자」, 「문열사」, 「박꽃」, 「기적」, 「시치미」, 「두근거려보니 알겠다」, 「목숨」, 「눈물의 국경일」, 「전쟁광 보호구역」, 「장어」, 「자벌레」, 「먹은 죄」, 「어머니」, 「외딴 유치원」, 「우리들의 타이타닉」, 「한 걸음」, 「한평생」 등은 수많은 독자들의 마음을 사로잡은 '애송시愛誦詩'라고 할 수가 있다.

이메일: van7-7@hanmail.net